HÉSIODE ÉDITIONS

EUGÈNE CHAVETTE

Restaurateurs et Restaurés

Hésiode éditions

© Hésiode éditions.

1 rue Honoré - 93500 Pantin.
ISBN 978-2-38512-074-0
Dépôt légal : Octobre 2022

Impression Books on Demand GmbH

In de Tarpen 42
22848 Norderstedt, Allemagne

Restaurateurs et Restaurés

LES GRANDES CUISINES.

À tout seigneur, tout honneur.

Place à l'argent !

Grandes cuisines et grands vins appartiennent de droit aux grandes bourses qui font les grosses recettes. – Visitons d'abord les établissements adoptés par la gastronomie opulente.

Dans cette nomenclature nous suivrons l'ordre alphabétique, car notre écrit n'est qu'un simple précis historique.

Café Anglais. – Le café Anglais s'ouvrit en 1802, après la paix d'Amiens, qui fit affluer les Anglais à Paris, dont ils étaient écartés depuis longtemps. – (Car il est bon de remarquer que cet établissement, devenu l'un des plus illustres soutiens de la cuisine française, commença par la cuisine anglaise.) À la rupture de la paix, le café Anglais, privé tout à coup de sa clientèle étrangère, allait tomber, quand – à Paris un rien suffit pour attirer l'attention et fixer la vogue – il fut sauvé par le retentissement d'un seul dîner. Un marchand de vins nommé Buret, désireux de faire apprécier sa cave, offrit au café Anglais un dîner à dix des plus fameux gourmets de l'époque, sur lesquels il comptait pour lui faire une réclame.

À trois louis par tête !!! vins non compris !

C'était un prix exagéré pour le temps, et cela aurait déjà suffi pour signaler l'établissement, s'il n'était venu s'y joindre une curiosité culinaire. – C'est à ce repas que fut essayée la fameuse soupe, coûtant 25 fr. par tête, qui fut appelée le potage Camerani, du nom de son inventeur, semainier du théâtre Feydeau. Ce potage, qui fit événement, avait pour base fondamentale une quarantaine de foies de poulets gras qui, disait la chronique, ne devaient pas avoir été tués par la saignée, ni par l'étouffement !! Disons tout de suite que cette énigme, jetée à la badauderie parisienne, était de l'invention d'un convive, le physicien Beyer, qui avait eu l'idée de tuer ces malheureux poulets au moyen de l'électricité. – Par curiosité de connaître le problème de la mort des poulets et par gourmandise de savourer le coûteux potage inconnu, la foule afflua trois jours après au café, qui touchait à sa ruine. – Une ineptie avait attiré le public, des vins remarquables et une bonne cuisine le retinrent. Le café Anglais était déjà dans toute sa vogue, quand l'invasion lui fit acquérir une réputation européenne.

De 1814 à 1867, le triomphe du café Anglais n'a pas été sans revers. Fermé un instant, en 1841, il fut pris par Talabasse, qui lui donna un nouvel élan. Après son successeur, M. Lourdain, ancien notaire, l'établissement arriva au maître actuel, M. Delhomme, qui s'est adjoint spécialement pour la cuisine M. Dugleré, ancien propriétaire des Frères-Provençaux. – Les caves de cette maison sont une curiosité, et quelquefois les clients s'y sont fait servir à dîner.

Café Bignon (café de Foi). Le café Bignon...

(Observation : Peut-être le lecteur s'étonnera-t-il de voir que la plupart de nos grands restaurants s'intitulent « Cafés ». Que voulez-vous ? c'est un peu, a-t-on dit, comme dans cet opéra-comique appelé le Maçon, où le principal personnage est un serrurier.)

Nous reprenons. – En 1812, ce café fut tenu par le nommé Pouillet, qui était propriétaire de l'immeuble. – « Le riche M. Pouillet ! » s'écriait-on en faisant allusion à l'immeuble, qui lui rapportait 21,000 fr. de rente. (Aujourd'hui, nous dit-on, cette même maison rapporte 138,000 fr.)

Nibeau, le successeur, tint le café pendant trente ans et y introduisit les déjeuners. Après lui, M. Bignon aîné, ancien garçon du café Minerve, en fit un restaurant, lança la maison et la céda à son frère, le patron actuel.

On y récolte de l'or, mais on le gagne bien.

Maison Dorée. – Cette maison a fait revivre l'ancienne réputation du café Hardy. Nous avons dit plus haut qu'un rien suffit pour attirer la vogue : nous le répétons à propos du fondateur de cette maison. En 1799, Hardy eut l'idée d'apporter son gril dans le salon du public et de faire cuire sous l'œil du client le rognon qu'il avait demandé. – Ce n'était alors qu'un café, auquel, en 1805, la veuve Hardy joignit un restaurant, qui donna à dîner. En 1812, la riche veuve, qui épousait un général, céda sa maison à Siraud, qui, vers 1821, la vendit à MM. Hamel frères. En 1842, sur l'emplacement de la maison démolie fut élevée la Maison Dorée, où MM. Verdier frères ouvrirent ce restaurant, qu'ils ont rendu célèbre.

Maison Philippe. – En 1804, Philippe acheta 4,000 fr. le fonds d'un marchand de vins. La maison était nulle, mais l'homme était actif et ingénieux. Avant de donner à l'établissement une renommée réelle, il lui en créa une fictive. Aussi le quartier commença par s'extasier sur l'activité et la chance de Philippe, qu'on voyait à chaque instant sortir de chez lui portant sur la tête un broc de vin, qu'il courait livrer en ville. – Ce broc ne contenait que de l'eau, qu'il allait vider en cachette dans un autre quartier.

En 1820, il risqua la simple côtelette que lui faisait cuire la mère Brodier, son écaillère.

Cette côtelette fut le point de départ du restaurant qui, six années après, faisait déjà 200,000 fr. de recette annuelle et commençait à saper la gloire de son illustre voisin le Rocher de Cancale. La sole normande de Philippe combattit glorieusement le turbot à la crème du Rocher, qui ne se défiait pas assez de ce jeune concurrent. Alors à l'apogée de sa gloire, le Rocher s'enorgueillissait de cette longue file de voitures encombrant la rue, qui lui amenait la noblesse, surtout le vendredi saint, où il était de bon genre de venir faire maigre au Rocher au retour de Longchamps. – Et quel maigre !!! On se mortifiait avec les meilleurs crus !

En quelques années, Philippe éteignit la maison rivale, dont le dernier et glorieux haut-fait fut le dîner à 80 fr. par tête offert par le duc d'Orléans à soixante-dix de ses officiers après la prise d'Anvers.

Resté maître de la place, Philippe, devenu riche, céda en 1837 à son fils, qui, avec une maison ainsi lancée, comptait 40,000 livres de rente quand, après la révolution de 1848, il laissa le fonds à Pascal, ex-cuisinier du Jockey-Club, qui le paya 320,000 fr., cave non comprise.

Pascal est, sans contredit, le premier cuisinier du monde, et, malgré la cécité qui est venue frapper le célèbre praticien, sa cuisine est restée hors ligne.

Les Provençaux. – Une grande réputation qui s'était un instant amoindrie ! Avons-nous besoin de remonter à 1798 pour conter la fondation de cette maison, qui s'appela les Trois Frères parce que ses fondateurs n'osèrent pas la nommer plus véridiquement les Trois Beaux-Frères Provençaux ? L'établissement, qui pendant cinquante années resta dans la famille, sut conserver une vogue qui s'endormit sous Collot, faillit de s'éteindre sous ses successeurs, et qui, nous l'espérons, reprendra son essor par l'intelligence de son propriétaire actuel, M. Goyard.

Café Riche. – À quoi bon fouiller dans le passé de cette maison, qui végéta durant trente années avant de retrouver cette vogue perdue depuis le fondateur ? M. Bignon aîné, après avoir cédé le café de Foi à son frère, s'ennuyait dans son oisiveté ; il prit l'établissement, qui, par ses soins, vaut aujourd'hui près d'un million. Quand on a vu la cave, on comprend la valeur d'un pareil fonds.

Café Vachette. – Sous l'Empire il se nommait le café des Grands-Hommes. – En 1815, ce titre fit place à celui de café Mathon, du nom de la propriétaire, qui tint ce café comme une petite dépendance de l'hôtel Saint-Phar, situé au-dessus, qu'elle avait acheté quand il se trouva sans maître, après la condamnation aux travaux forcés de Mme Morel et de sa fille. Ces dames furent convaincues de tentative d'assassinat sur la personne de l'usurier Ragouleau, qui, dit-on, amant de la mère et de la fille, leur avait payé l'hôtel, mais s'était fait faire des billets pour tenir en bride cette double fidélité.

Sous Mme Mathon, l'écrivain Merle fut le client le plus sérieux de ce café… bien malgré lui. – Vivant alors avec l'actrice Mlle M…ot, il l'amenait, après le théâtre, prendre un riz au lait. Cette habitude fut découverte, et, chaque soir, au bon moment, le malheureux Merle voyait arriver la mère de sa maîtresse conduisant l'enfant de ladite demoiselle, plus le frère, un veuf, qui remorquait ses trois enfants. Cinq minutes après entrait le second peloton, composé du père de Merle, de son oncle, ancien horloger, et de son cousin, ex-garde du corps, qui conduisait sa femme, sa fille… et une bonne. – Toute cette population tombait sur les riz au lait, et comme cette aubaine était pour quelques-uns le vrai repas de la journée, ils répétaient jusqu'à trois fois. – Ennuyé de payer chaque soir une moyenne de trente riz au lait, Merle changeait son campement ; mais deux jours après – était-il trahi par sa maîtresse ? – il voyait arriver le corps d'armée. Quand cette longue liaison cessa, Merle avait payé environ 59,280 riz au lait.

En 1827, Mme Mathon vendit à Allez, ancien propriétaire du Caveau des Aveugles. – Allez céda à M. Vachette, qui en fit un restaurant et le rendit célèbre. Il fut dignement continué par M. Aubry, qui fit fortune en dix ans ; exemple que n'imita pas son successeur. Aujourd'hui la maison appartient à Brébant, venu de l'ex-rue Neuve-Saint-Eustache, où il continuait l'établissement paternel.

Le restaurant Vachette est un des plus fréquentés. Le café et l'hôtel ont à peu près disparu pour faire place au restaurant, qui a envahi trois étages.

Véfour (café de Chartres). – Avant d'entrer, saluons la maison voisine, Véry, une illustration culinaire changée en restaurant à prix fixe ! Que sont devenus ces beaux jours d'orgie et de prodigalité de la Restauration, où les rentrants, affamés de toutes manières par un long exil, se faisaient servir des filles nues sur le lit de persil d'une planche à poisson ?

Entrons chez Véfour.

Il s'est ressenti de l'abandon du Palais-Royal. Mais, pour être moins bruyante, la maison est-elle plus mauvaise ? Vous retrouverez cette fine cuisine, si bien appréciée par le roi Murat et tant prônée par Berchoux. – Tenez, cette table fut longtemps celle de M. de Humboldt, piètre gastronome, il est vrai, car durant tout son séjour, son dîner se composa invariablement d'un vermicelle, d'une poitrine de mouton et d'un haricot.

Aujourd'hui le calme s'est fait dans cette maison, qui retentit jadis des chants de Rotopschin, l'incendiaire de Moscou, prenant des leçons de vaudevilles de Flore, des Variétés, et des éclats de rire du Duc de Berry, quand la danseuse Virginie lui parodiait la démarche du ministre Decazes.

Un jour peut-être écrirons-nous la chronique indiscrète des cabinets de tous ces établissements. C'est un grand travail, que ne comporte pas ce petit livre.

LES COULISSES.

Pénétrons dans les coulisses à l'heure du repos (de deux à quatre heures de l'après-midi), car, au moment du coup de feu, vous seriez suffoqué par cette température de fournaise, assourdi par les hurlements qui répondent aux beuglements du porte-voix, bousculé par les diables blancs de cet enfer, qui courent d'une casserole à l'autre.

Toutes les cuisines sont les mêmes : c'est un âtre de vaste cheminée, où s'alignent six ou huit longues broches que fait mouvoir un mécanisme à air placé dans le tuyau ; c'est un énorme fourneau en fonte avec ses trous, ses grils et ses fours. Au-dessus du fourneau, et pendues aux crocs d'une crémaillère en fer, voici les quatre-vingts casseroles de toutes formes qui étalent leurs cuivres, brillants. N'allez pas vous étonner de leur nombre, car vous n'en voyez là qu'une moitié. Chaque cuisine possède sa batterie en double, et pendant que celle-ci fonctionne, l'autre est chez l'étameur, qui fait le changement tous les dix jours.

Mais voici l'heure du service.

Chacun à son poste.

Feu partout !

Place au chef-chef… le grand maître ! il surveille chacun dans son travail ; il goûte chaque plat, le refuse ou y ajoute le condiment qui manque ; il prend note et poursuit l'exécution des ordres du porte-voix. Il exerce son contrôle partout… même sur la tête de ses employés, car c'est lui qui rappelle à l'ordre le subordonné qui, en travaillant, a oublié de mettre sa toque blanche, ou qui ne s'est pas conformé à l'usage de se faire couper les cheveux tous les quinze jours.

(Observation : Vous mangerez toujours au restaurant une cuisine vingt fois plus chauve que la cuisine de votre ménage.)

Le chef a une part au tronc, un fixe, et une gratification au premier de l'an ; le tout réuni peut lui valoir annuellement environ 4,000 francs.

Sous les ordres du grand chef viennent se ranger les chefs de partie, qui sont servis par deux ou trois aides.

Le rôtisseur (fixe 1,800 fr.). Il a la surveillance de la broche, des fritures et des croûtons.

L'entremétier (fixe 1,800 fr.). À lui les potages et les entremets sucrés.

Le saucier (fixe 2,000 fr.). Celui-là est l'artiste de la maison

Le légumier (fixe 1, 800 fr.). Son nom indique sa spécialité. – La truffe n'est pas de son domaine ; elle appartient en propre au grand chef, qui la distribue d'après les besoins…, et la suit de l'œil.

Le chef du garde-manger (fixe 2,000 fr. ou 2,400). Place de confiance, car le gaspillage lui est facile ! Son empire est une salle voisine de la cuisine, où, sur des dalles maintenues fraîches par la glace (cet appareil se nomme le timbre) il garde et surveille la viande et le poisson. – À chaque morceau réclamé par ses collègues, il découpe à même la pièce et pare la viande. (Parer un morceau, c'est en enlever la parure, c'est-à-dire l'excédant de graisse.) – Si nous avons dit que le gaspillage lui est facile, c'est que de lui dépend le plus ou moins grand nombre de portions découpées au morceau. – Il a l'intendance du chaud-froid, pièces cuites et refroidies, telles que poulets, perdreaux, etc. – C'est aussi lui qui exécute les socles, ces garnitures en mosaïques de gélatine, œufs, cornichons, etc., qui décorent le bord des assiettes ou le fond des plats.

Dans les grands établissements, le timbre consomme en moyenne trois cents livres de glace par jour.

L'immense quantité de viande employée par une forte maison rend le boucher facile à la concession. Par traité, un restaurateur paye toute l'année de 1 fr. 90 c. à 2 fr. 10 c. la viande de choix que le bourgeois paye de 2 fr. 60 c. à 3 fr. 50 le kilog. – De plus, le boucher reprend à 75 cent. le kilo la parure (graisse crue), qu'il revend au fondeur pour faire des chandelles.

Les aides de cuisines touchent mensuellement de 40 à 70 francs, et ils se partagent les profits du bijou.

Qu'est-ce que le bijou ?

Toutes les dessertes des plats et des assiettes constituent le bijou. – Restes de poissons, de volailles, de pâtisseries, etc., tout s'entasse en des seaux que des acquéreurs viennent enlever le lendemain au prix de 4 à 7 francs. – Tous ces ingrédients sont soigneusement triés, et vous retrouverez les meilleurs morceaux coquettement disposés sur des assiettes et alléchant la pratique au marché Saint-Honoré.

Les os se vendent à part. – Nous les retrouverons plus tard avec le rebut du bijou. – Rien ne se perd !!

Plaidoyer : On accuse les cuisiniers de restaurant d'être un tant soit peu licheurs.

Si nous ne nions pas absolument, il nous sera au moins permis de présenter une défense.

Le fourneau en fonte a remplacé le fourneau en briques, qui se chargeait au charbon de bois. Il ne chauffait pas assez, de là sa décadence. – Aujourd'hui, le fourneau en fonte pèche par l'excès contraire ; il chauffe trop, car, bien lancé, il dégage un tel calorique que la plaque supérieure devient rouge et qu'on peut indifféremment placer la casserole sur la plaque ou dans le trou.

L'expérience a démontré que l'usage des fourneaux en fonte attaquait la poitrine des cuisiniers. (Dans les maisons renommées le fourneau consume environ 256 kilos de charbon de terre par jour !)

Donc, si le cuisinier est licheur, son excuse est dans la température qu'il subit.

Établissons cette température qu'il lui faut endurer à son travail du soir.

Supposons déjà, par un soir d'été, au dehors une température douce de

20 degrés ; ajoutons à ce chiffre le nombre de degrés que peut donner une masse de fonte de 4 mètres de long sur 2 de large, rougie par le charbon ; n'oublions pas une cheminée qui flambe pour faire rôtir trente pièces embrochées ; ajoutons-y une vingtaine de becs de gaz qui ne contribuent pas à rafraîchir l'atmosphère (le tout quelquefois dans un sous-sol aéré par des soupiraux), et nous pouvons estimer à soixante degrés (!!) la chaleur que supporte le cuisinier dans son travail.

On est licheur à moins !

Ne quittons pas la cuisine sans parler du bien humble employé qu'on appelle le laveur de vaisselle.

Ce dernier a le droit plus que quiconque d'être licheur ! car, en plus de la température que nous avons prouvée et dont il jouit comme les autres, il a encore la chaleur supplémentaire de son étuve. Aussi, dans ce milieu moite et étouffant, le pauvre diable vit-il à peu près nu.

Si nous l'appelons « pauvre diable, » ce n'est pas pécuniairement parlant, car la place est bonne, – non par le fixe du mois, environ 60 fr., – mais par le profit qu'il retire de la graisse cuite.

L'eau dans laquelle il plonge ses assiettes fait, en bouillant, monter à la surface une couche de graisse qu'il écume avec soin pour en remplir de petits barils qui lui sont payés de 18 à 22 fr. par les fabricants de savon noir. Il peut mensuellement emplir de 14 à 15 barils. – Vous voyez qu'il atteint facilement les appointements d'un chef de division de ministère ? – Malheureusement la place n'est pas longtemps tenable, car en dix-huit mois ou deux ans une poitrine en fer forgé serait usée par cette épouvantable température.

Ne quittons pas les coulisses sans passer par le laboratoire, où nous attend le chef-fournier, celui qu'à l'heure du moka nous voyons apparaître la cafetière au poing.

Ses fonctions sont multiples. Il a l'intendance du café, du chocolat, des œufs à la coque, des beurres moulés, des bavaroises, des glaces et des parfaits. – Il a part au tronc, et nous ne parlerons pas du modeste profit qu'il peut tirer de la vente au fabricant de macarons des blancs d'œuf que lui laisse la confection des parfaits, qui n'emploient que le jaune.

Saluons cet autre employé. C'est un des rouages les plus importants. De sa capacité, et surtout de sa probité, dépend en partie le succès de la maison. C'est le chef-sommelier. – Part au tronc, appointements fixes et profits fournis par la vente des bouteilles non calibrées, des futailles et des paniers à champagne.

Homme de confiance en tout, le sommelier est généralement le caissier du tronc.

TYPES D'ORIGINAUX.

Nous aurions fort à faire s'il nous fallait citer à la file les divers originaux que les restaurants parisiens ont vus s'asseoir à leurs tables. – Prenons dans le tas, et esquissons au plus vite quelques silhouettes.

Un des plus fameux fut le client du restaurant Bonvalet, qu'on appelait le père Gourier, dit l'assassin à la fourchette, parce qu'il prenait un invité à l'année et qu'il s'amusait à le tuer par la bonne nourriture. Le premier invité dura six mois et mourut d'un coup de sang après boire. – Le second tenait depuis deux ans quand il périt d'une indigestion de foie gras. – Le lendemain, quand, d'une fenêtre du restaurant, il vit passer le convoi de sa seconde victime, le père Gourier eut un regret : « Dire qu'il y a trois jours, je lui ai payé un chapeau neuf pour sa fête ! ! » s'écria-t-il.

Alors un troisième lutteur descendit dans l'arène. Ce nouveau champion, nommé Ameline, était un grand gaillard qui passait pour avoir les cuisses creuses, ce qui lui constituait deux autres estomacs à emplir à table.

Le drame recommença ; mais les deux parties s'observaient, car chacun se sentait engagé dans une partie d'honneur. Aussi tous les jours, en s'asseyant à table récitaient-ils ce singulier Benedicite : « Tu n'es qu'un vieux pendard, et je t'enterrerai, » disait Ameline. – « Peuh ! peuh ! vantard, j'en ai fait crever deux, tu y passeras aussi, » lui répliquait doucement son bienfaiteur.

Tous les mois, Ameline, qui en avait fait une question d'amour-propre, cherchait une querelle d'Allemand à son amphitryon, se retirait dans sa tente pendant trois jours, et se mettait strictement au régime de l'huile de ricin. – Resté seul à table, le père Gourier mangeait vite et mâchait mal, deux fautes qui lui faisaient perdre l'avantage contre un ennemi qui, le raccommodement opéré, rentrait en lice, frais, reposé et récuré à neuf.

Après trois ans de ce duel à la fourchette, l'heure du dénoûment sonna.

Un jour qu'il venait de se servir une quatorzième tranche d'un bel aloyau, le père Gourier renversa tout à coup sa tête en arrière. Ameline crut qu'il allait éternuer et s'abrita sous sa serviette. – Le père Gourier retomba la face dans son assiette : il se rendait ; l'apoplexie lui faisait baisser son pavillon.

Celui qui avait frappé avec la fourchette périssait par la fourchette !

Après le père Gourier, passons vite à un autre original.

Il y a quelques années, venait au café Anglais un fou qui, après avoir bien dîné, se faisait servir le fin moka. – Dès que la tasse était pleine devant lui, il s'adressait au breuvage tout fumant.

« Hein ? quoi ? qu'est-ce que je sens ? d'où vient ce délicieux arôme ?

Ah ! c'est toi, café funeste ! tu viens encore me tenter ; ne sais-tu pas qu'on m'a expressément défendu de t'aimer ? Tu n'ignores pas que tu me tues, et te voici encore revenu comme hier ? Tiens, va-t-en ! je t'ai trop chéri pour te maudire, mais je ne veux plus te voir ! »

Alors, imprimant un demi-tour à sa chaise, il tournait le dos à la tasse, puis tout à coup, regardant par-dessus l'épaule, il continuait :

« Hein ? que dis-tu ? c'est pour la dernière fois ?… tu mens !… hier tu m'as juré la même chose. »

Il se replaçait devant sa tasse et poursuivait d'un ton adouci :

« Voyons, je veux bien me laisser attendrir, puisque tu m'affirmes que c'est définitivement pour la dernière fois. Je consens à te boire ; mais n'y reviens plus, car je t'avertis que je te ferais avaler par mon chien. »

Et cela dit, il se mettait à lamper sa boisson par petites gorgées en s'exclamant : « Ah ! gueux !… scélérat !… tu es cependant tout de même bon !! »

Un maniaque du café Riche mérite aussi une mention honorable.

Il ne pouvait manger sans avoir près de lui une haute pile de soucoupes en porcelaine qu'il se plaçait successivement sur la nuque entre le cou et la cravate, et qu'il changeait à mesure qu'elles s'échauffaient. Il prétendait ainsi combattre, par ce froid contact, une congestion cérébrale dont il se disait menacé.

Longtemps on montra, assis dans un coin du restaurant Véfour et mangeant surtout des plats sucrés, un petit vieillard dodu et rosé qui passait pour avoir promené dans Paris la tête de la princesse de Lamballe au bout d'une pique.

Citons aussi l'excentrique de la maison Philippe qui, deux fois par mois, venait s'enfermer dans un cabinet et, en cinq heures, se faisait servir et mangeait l'un après l'autre les trente-cinq ou quarante potages énoncés sur la carte de l'établissement. – Après quoi, il demandait une meringue à la crème et partait sans avoir même bu une goutte d'eau.

Cet intrépide amateur de soupe n'est qu'un bien mince glouton à côté du singulier client que possède le restaurant Vachette.

C'est un gros et fort riche mangeur qui, honteux de son appétit, a trouvé un assez plaisant moyen de le satisfaire. Tous les quinze jours, il arrive et demande le patron. Brébant le propriétaire actuel se présente :

« Mon cher Brébant, j'ai pour demain six convives, MM… (il cite les noms) ; vous les connaissez, n'est-ce pas ? ils sont gastronomes… donc, 20 francs par tête, sans le vin… Composez-moi un joli menu… On servira à six heures, heure militaire. Ils sont prévenus, on n'attendra pas. »

Le lendemain il arrive avant l'heure, examine le couvert, écrit et place les noms sur les serviettes, dispose les hors-d'œuvre suivant les goûts de ses convives, puis il tire sa montre.

« Ah ! six heures. Personne !

– Vous avancez peut-être ? réplique Brébant.

– Non je vais comme la Bourse, J'ai dit : « heure militaire ». Ils sont prévenus ; je veux leur donner une leçon. Servez. »

Brébant prend la défense des prétendus retardataires.

« Allons, je veux bien ; j'accorde les cinq minutes de grâce. »

Il va vingt fois à la fenêtre guetter ses convives, et, le délai écoulé, il dit sèchement :

« Servez. Ces messieurs me rattraperont. »

Il commence alors tout seul ce dîner de sept personnes, et le dévore en quatre heures.

En mangeant il parle tout haut, pour être entendu par le garçon qui sert le cabinet :

« Pourquoi ces polissons-là me manquent-ils de parole ? (Il réfléchit.) Au fait, pour A… je l'excuse maintenant, c'est le jour de sa belle-mère. – Oui, mais B… ? Tiens, ne m'a-t-il pas écrit qu'il est souffrant ? – Quant à C…, il aura rencontré quelque cocotte en venant ici, je parie ! Il sera toujours jeune, l'animal ! – Je suis certain que D… » Etc., etc.

Et il trouve une excuse pour chaque absent. – Puis tout à coup il frappe du poing sur la table, et s'écrie furieux :

« Au moins on écrit un petit mot pour prévenir ! »

Au café, il fait venir Brébant et prend son sourire moqueur :

« Hein ? si je vous avais écouté, j'attendrais encore ces messieurs. Nous verrons la prochaine fois s'ils seront plus exacts. »

Quinze jours après, la même scène recommence, et Brébant, qui le premier jour était de bonne foi, donne sérieusement la réplique à son client, qui, après chaque dîner, ajoute :

J'aurai le dernier ! je veux voir jusqu'où ils pousseront l'impolitesse. »

LES BONNES MAISONS.

Après les maisons illustres, passons aux bonnes maisons, et peut-être ne trouverons-nous de différence que dans le chiffre de la carte.

Citons au hasard.

Brébant Foyot. – Restaurant fondé en 1802 par Lacaille, qui le céda à son neveu Brébant, auquel succéda son fils. – M. Foyot a pris le fonds après le passage de Brébant au café Vachette. C'est dans cette maison que se réunirent pour la dernière fois les principaux conjurés de la conspiration Cadoudal et Pichegru.

Magny. – En 1842, Magny, ancien chef de Philippe, acheta 48,000 fr. le fonds de Parizot marchand de vins traiteur. Il en a fait la première maison de la rive gauche, et compte parmi ses clients assidus George Sand, Sainte-Beuve, Gautier, Renan.

Tous les mois il s'y donne un célèbre dîner de médecins, où les meilleurs crus se boivent à toutes les santés…, excepté celle des malades.

Café Véron. – Bonne et vieille maison ; la cave est comme la maison. On y fait peu de restaurant, mais on le fait de main de maître.

À propos de ce café, rectifions l'erreur d'un journal qui dernièrement faisait mourir Vestris en 1808. – L'illustre danseur venait encore à ce café en 1818 ; mais sa réputation de mauvaise paye avait fait donner la consigne de ne pas lui servir son déjeuner qu'il n'eût payé celui de la veille. – Ce déjeuner se composait d'un petit pain et d'un artichaut à la poivrade… Onze sous !!!

Café du Helder. – Fréquenté le jour par les officiers en bourgeois. – Sur le coup de minuit, la maison se peuple de gandins et de cocottes ; celles-ci en chasse d'un souper, ceux-là en quête d'une soupeuse.

Café de la Porte Montmartre. Il a toujours la réputation pour les déjeuners au plateau. L'immeuble a été reconstruit ; mais l'ancienne maison avait une salle de billard dans laquelle les habitués furent longtemps sans vouloir rentrer.

Storère, un pâtissier de la rue Montorgueil, jouait au billard avec un nommé Asselineau, qui tenait, pour le compte d'un marchand de vins de Bercy, un dépôt dans Paris. Mis à sec par une persistante déveine, Asselineau sortit pour aller chercher l'argent d'une revanche.

Dix minutes après il était de retour.

La partie fut reprise, et Asselineau, qui jouait avec le plus grand sang-froid, avait trouvé la chance, quand un spectateur lui cria en riant :

« Hé ! marchand de vins, toi qui viens de déterrer ton magot dans ta cave, je te préviens que tu as une barrique qui fuit, car tu as pataugé dans le vin. Regarde donc la trace de tes pieds. »

Effectivement, la promenade d'Asselineau autour du billard était marquée en rouge.

L'erreur fut courte. C'était du sang. Asselineau venait d'assassiner un ami pour lui voleur l'argent de sa revanche. En s'agrandissant, le café de la Porte Montmartre a absorbé un petit établissement voisin, la Pâtisserie de mon oncle, un des coins les plus gais de Paris après minuit.

Le Grand-Hôtel. – Splendide service, éblouissant matériel, fastueux local. On y sert bon… mais on y mange mal.

Dans cet immense édifice, les cuisines sont trop éloignées de la table : ce qui fait que les meilleures choses vous arrivent à peu près froides.

Tortoni. – Bons déjeuners. Il a vu s'amoindrir la vogue de ce fameux perron sur lequel les romans, les mémoires et les journaux ont tout dit… sauf un fait peu connu. – En 1820, sur l'ordre de Louis XVIII, on marchanda cette maison, qu'on voulait donner en récompense au garçon limonadier Paulmier, qui avait arrêté Louvel au moment où il fuyait inaperçu sous l'arcade Colbert. Les pourparlers n'aboutirent pas, et Paulmier reçut une somme d'argent pour s'établir à sa guise.

Procope. – Le plus ancien de nos cafés, car il fut le premier qui s'établit à Paris. – Le café fut importé en France, en 1669, par l'ambassadeur ottoman Soliman Aga, qui, reçu à Suresnes chez de Lionne ; fit connaître cette boisson au ministre. – Quelques années après, le nommé Pascal établit à la foire Saint-Germain un établissement sous une tente, qu'il appela café, parce qu'il y débitait cette boisson ; il fit fiasco. – La mode du café semblait s'être passée, comme l'avait prédit Mme de Sévigné, quand, en 1689, François Procope la remit en vogue dans l'établissement qui porte encore aujourd'hui son nom.

Faites-vous montrer les tables de Rousseau et de Voltaire.

Double erreur historique. – À propos de tables fameuses, rectifions une double erreur. – L'expropriation a fait disparaître, au bas du pont Saint-Michel, le café Cuisinier, où l'on montra longtemps une table, sur laquelle Napoléon et Duroc déjeunèrent un jour. Vous connaissez l'histoire ? Ils étaient sortis sans argent et allaient rester en affront, quand le garçon, confiant, répondit pour eux. – « Une heure après il recevait un rouleau de cinquante napoléons, » ajoute l'histoire.

L'anecdote est en partie vraie, et la table avec son inscription commémorative était bien authentique ; seulement le café Cuisinier se donnait les gants de l'aventure, qui n'eut jamais lieu en cet endroit. – La table avait été transplantée. Elle provenait de la vente, après faillite, du matériel du café Grimm, petit établissement situé au coin de la rue du Sentier, où se passa le fait, en 1813.

Quant à la seconde erreur : – Le grand homme avait sans doute remis à Duroc le soin du remboursement. Ce dernier, dans les huit jours qui s'écoulèrent entre le déjeuner et son départ pour l'Allemagne, où il périt, fut à coup sûr trop absorbé par ses importantes fonctions pour se rappeler ce détail. Puis vinrent les événements de 1814 et 1815, qui rendent bien pardonnable l'oubli de l'autre débiteur survivant… Mais le fait est que le déjeuner ne fut jamais remboursé.

Le garçon est mort en 1842, portant encore le sobriquet de Saint-Vincent de Sole, qui lui avait été donné à cause de sa trop grande confiance à adopter pour son compte les soles mangées par d'autres.

Hill's tavern. – Dans le jour, la majeure partie du public de la maison du boulevard des Capucines se compose d'Anglais qui viennent mélancoliquement dévorer le jambon d'York ou le rosbif froid, qu'ils arrosent de pale-ale et de thé.

Le soir venu, la physionomie de la taverne devient essentiellement parisienne ; l'élément féminin s'y révèle à forte dose, et commencent alors les dîners et soupers tout français dont vous entendrez les joyeux bruits, si vous allez vous promener dans le couloir des cabinets… ou, pour mieux dire, dans la galerie des portraits. Car la maison a eu l'idée de placer chacun de ses cabinets sous l'invocation d'un grand poëte, Calderon, Byron, etc. – Ce qui faisait dire à Alfred Delvau : « Pauvres grands hommes, ils en voient de laides, s'ils en entendent de belles ! »

…Peter's. – Est-ce un restaurant ? Est-ce une taverne ? Dans le doute, donnons-lui l'appellation que porte sa devanture : Peter's house.

Les salles, dont la principale fut la salle à manger de l'hôtel des Princes, sont spacieuses, mais malheureusement sombres et mal aérées.

Des journalistes bons enfants ont fait la réputation de l'établissement.

Joignez à cette réclame à toutes trompettes quelques originalités trouvées par le chef de la maison, telles que la promenade d'un ours au milieu des tables, le rôti sur roulettes, les boissons à deux pailles et l'exhibition de colossales tortues ; il n'en fallait pas plus pour attirer le monde qui encombre les salons.

Cuisine à part, Peter's, enfoui dans un passage, ne sera jamais un grand établissements, car sa position ne flatte pas l'amour-propre du public dépensier, qui, en gaspillant l'or dans les maisons fameuses, aime surtout à y être vu aux fenêtres et à la sortie par les passants. C'est sans doute ce motif qui pousse Peter's à vouloir ouvrir une succursale, bien en vue ; au coin de la Chaussée-d'Antin, en face Bignon. – Une idée d'une jolie hardiesse !!

Continuons notre revue :

Durand, Bonvalet, Voisin, Maire, le café Cardinal, Champeaux, Notta, Grosse-Tête, Foyot, le café d'Orsay, la Rotonde etc., etc., que de noms arrivent pour se ranger sous notre rubrique : « Les bonnes maisons. »

Ici, nous faisons une réflexion prudente.

Jugez-en :

En établissements qui donnent à manger (depuis l'ortolan au coulis d'ananas jusqu'à l'entre-côte aux cornichons), Paris possède :

812 restaurants,

1664 cafés et brasseries,

3523 débits de vins,

257 crèmeries,

208 tables d'hôtes (hôtels et autres).

(Nota. Dans ce compte des établissements de bouche, nous ne faisons pas figurer les pharmaciens, qui tiennent aussi le plat de purée de haricots rouges du Mexique, sous le nom de Farine Du Barry.)

En tout 6464 maisons !!!

Or, comme aucun des propriétaires de ces 6464 fonds ne voudra reconnaître que son établissement n'est pas « une bonne maison, » chacun se croira en droit de s'indigner de n'être pas cité.

Donc, il nous faut arrêter ici notre défilé, pour ne pas faire de jaloux.

Pour rendre ces gens heureux, disons que Paris compte au moins deux cents bonnes maisons. Chacun des 6464 propriétaires sera libre de penser que son fonds est du nombre.

LES PETITES BOURSES.

À PRIX FIXE.

Ire catégorie des petites bourses.

On s'est souvent demandé ce que peuvent gagner les restaurants à trente-deux sous, qui vous donnent un potage, trois plats au choix, un dessert, une demi-bouteille et pain à discrétion.

Faisons le compte.

Le potage ! – Euh ! euh ! il nous serait assez difficile de définir ce que c'est. Sur vingt clients qui demandent un potage, quinze au moins s'arrêtent après la première cuillerée… sans se plaindre pourtant, car ils trouvent eux-mêmes cette excuse : « Pour le prix du dîner, on ne peut me fournir un consommé ! » – Ces potages inachevés retournent à la cuisine, où ils sont reversés dans la marmite. En tenant compte aussi des dîneurs qui ne prennent jamais de soupe, soixante potages peuvent donc suffire pour deux cents dîners. Généralement, ce sont soupes maigres… Admettons même le potage gras, si vous le voulez, mais fouillons la marmite, et nous y trouverons un composé de gélatine, d'os (quelquefois de seconde main), et de très-basse viande en fort petite quantité. – Le tout peut s'évaluer à une valeur de 16 francs. – Nous avons dit que, par le revidage, cette marmite de soixante potages suffisait à deux cents dîners ; soyons généreux, réduisons le nombre à cent vingt, et nous trouvons que le potage ne revient pas à 15 centimes.

Trois plats au choix. – La bête noire du restaurant à prix fixe est le client qui choisit trois plats de viande ! Voyons ou nous conduit cet abus de la liberté.

Les bouchers des quartiers riches, dont la clientèle prend seulement les beaux morceaux, ont une surabondance de basse viande qu'ils cèdent à leurs confrères des quartiers moins fortunés. C'est à ces derniers que s'adressent les établissements à prix fixe.

Si les hautes cuisines, comme nous l'avons écrit, obtiennent par traité une forte réduction sur le prix des morceaux de choix, le prix fixe jouit du même privilége pour la viande de deuxième qualité, qu'il paye de 1 fr. 35 c. à 1 fr. 60 le kilo. – On connaît assez la grosseur des portions (!) pour que nous paraissions modestes en disant qu'on tire au moins huit portions d'un kilo, ce qui met le plat à 26 centimes. – Trois plats, 78 centimes !!! Énorme ! Aussi répétons-nous que le client aux trois plats de viande est maudit par l'établissement.

Poisson. – Le poisson est ordinairement de la menue marée… quand elle est abondante, bien entendu ; sans quoi, on s'en tire, auprès du client qui exige un merlan, par cette phrase : « On vient de servir le dernier ! » Mais si la menue marée affluait hier, vous en aurez aujourd'hui… Dame ! le merlan sera un peu friable ou la raie piquera un tantinet… N'y regardez pas de trop près ; grâce à la sauce provençale, l'ail fera disparaître ces défauts.

(Conseil utile : Vous qui avez la manie de manger frais, dans tout restaurant de n'importe quelle catégorie, méfiez-vous toujours d'un plat accommodé à la provençale.)

Oui, vous trouverez aussi le turbot, la barbue, le saumon, – cette aristocratie de la marée ; mais soyez certains que ces poissons abondaient avant-hier. C'est du quatrième choix qui s'impatientait.

Dans de pareilles conditions, estimons à 25 centimes les portions… et quelles portions ! une puce resterait sur sa faim.

Gibier. – Le gibier massacré par le fusil et gâté par le sang extravasé ; celui qu'un maladroit emballage au foin (au lieu de paille) a altéré ; cet autre qu'un trop long voyage ou le séjour prolongé à la halle a compromis : voilà le gibier en question.

Un dessert. – Qu'est-ce que le dessert ? Une pomme à bateau, huit pruneaux, un clou de Brie ; tout cela vaut-il bien un sou ?

Prenons un dîneur exigeant qui demande une meringue. (!) – La meringue sort de la fabrique des biscuits et des macarons de foire. – 65 centimes la douzaine de coquilles. – On vous sert une coquille… avec la crème, le coût est de 7 centimes.

La carte vous dit « Un dessert ou un verre de liqueur. » Examinons encore. – La maison à prix fixe paye la qualité d'eau-de-vie qu'elle emploie à raison de 17 ou 18 fr. la velte contenant 7 litres 1/3 ; on la réduit par l'eau d'un sixième pour l'amener à 17 degrés, et, comme on tire 36 petits verres au litre, faites le calcul, et vous trouverez que le petit verre revient à 6 centimes.

Une demi-bouteille. Ce vin, tout entré, se paye à 120 fr. la pièce de 300 bouteilles, – après le baptême, 350 bouteilles ; et comme la demi-bouteille n'est pas absolument de mesure, on arrive à tirer 800 demi-bouteilles à la pièce... ce qui les met à 15 centimes.

Pain à discrétion – Ah ! il y a des gaillards qui tombent sur le pain ; mais il est aussi des dîneurs qui y touchent peu. La compensation nous donne 10 centimes.

Maintenant additionnons :

Pain ...   0.10
Vin ...   0.15
Plat ...   0.26   Trois plats de viande,
le vorace !!!
Plat ...   0.26
Plat ...   0.26
Dessert ..   0.06
1.09

Déduisez la moitié des 51 centimes qui restent pour les frais de loyer, gaz, matériel, etc., et vous découvrirez un bénéfice de 25 centimes par couvert.

Notez maintenant que nous venons de calculer sur ce prix de trente-deux sous, jadis fixé par ces maisons qui s'intitulent aujourd'hui LES DÎNERS

À DEUX FRANCS.

Il n'y a que le prix de changé.

Admettez les vivres d'une qualité supérieure, et vous connaîtrez les maisons des dîners à quatre francs.

Supposez, au contraire, les comestibles d'un degré inférieur, et vous tomberez dans les établissements à vingt et un sous.

LES TABLES D'HÔTE.

2e catégorie des petites bourses.

Si les tables d'hôte (en hôtels ou particulières) diffèrent par la largesse du menu, elles se ressemblent toutes par la physionomie. Vous voyez des gens qui mangeraient silencieusement sans l'inévitable Agaceur, qui parle à tort et à travers à tout dîneur qu'il a deviné trop timide pour lui dire : Fichez-moi la paix !

Quelquefois l'agaceur est amusant. Une table d'hôte qui tient à retenir son public gave ordinairement gratis deux ou trois agaceurs. L'habileté du métier consiste à faire patienter à son insu l'auditoire quand un plat est en retard. – Dans le jargon de l'état, on appelle cela capitonner l'entre-plats.

Une table d'hôte des plus amusantes fut celle des artistes dramatiques dans le faubourg Saint-Martin. – Cet établissement s'est fermé l'an dernier, à la mort de Clémence, sa propriétaire. – Un abonné avait calculé qu'en une année on y avait mangé une fois du saumon et deux cent dix-sept fois des lentilles.

Il est une autre table d'hôte dont nous nous réservons de parler au chapitre des Excentriques.

CHEZ DUVAL.

3e catégorie des petites bourses.

La nappe a disparu.

Nous nous asseyons maintenant devant une table en marbre blanc, mais on nous donnera encore des serviettes.

Depuis une quinzaine d'années, le boucher Duval a créé dans Paris les nombreux établissements qui portent son nom. Ce n'est que la résurrection de l'idée, – beaucoup plus étendue, des fameux bouillons hollandais, qui s'ouvrirent sans succès de 1840 à 1845.

Duval, établi boucher dans un quartier riche où il ne vendait que ses beaux morceaux, voulut utiliser sa basse viande, et prit, rue Montesquieu, une maison où il débitait bœuf et bouillon. Bientôt il étendit et compléta le menu.

L'originalité du local, le service fait par les femmes, l'excessive propreté et la bonne qualité des aliments, attirèrent la foule, pour laquelle il fallut ouvrir des succursales dans les différents quartiers de Paris. Les maisons Duval ont tué ces malsains établissements à 25, 21 et 19 sous.

Nous l'avons dit, tout y est bon, sain, bien apprêté ; c'est une précieuse ressource pour les petites bourses ; mais malheureusement le ciel n'a pas distribué l'appétit d'après la bourse ; aussi l'exiguïté des portions Duval fait qu'un mangeur ordinaire, en redoublant, finit par payer son repas au prix de celui d'un établissement supérieur.

Nous avons assez fait l'éloge de Duval pour nous permettre un petit reproche. On persiste à appeler ces maisons les bouillons Duval... et c'est justement là le côté faible de cette cuisine.

LES EXCENTRIQUES.

Les établissements excentriques sont assez nombreux. – Citons-en quelques-uns.

L'Académie. – Tel est le nom d'un fort original caboulot qui se trouve au sommet de la rue Saint-Jacques.

Tout au tour de la vaste salle sont rangés quarante tonneaux portant chacun le nom d'un des quarante immortels du palais Mazarin.

De là le nom de l'établissement.

De plus petits tonneaux ou d'énormes bidons qui avoisinent les immortels sont appelés les candidats et s'étiquettent des noms des postulants les plus connus au fauteuil académique.

Quand un académicien vient à mourir, le tonneau qui lui est propre se couvre aussitôt d'un crêpe noir qui s'enlève seulement le jour où le cénacle du quai Conti a pourvu au remplacement du défunt.

À l'heure même où le récipiendaire lit son discours à ses nouveaux collègues, le tonneau du défunt est orné de fleurs et baptisé en grande pompe du nom du nouveau titulaire.

Quand nous les visitâmes, l'établissement offrait deux particularités.

Le garçon principal de l'Académie était un ancien valet de chambre de Chateaubriand. Tout en vous versant le vermouth, il vous initiait à la vie privée de l'illustre écrivain.

L'Académie possède une habitude qui a peu de chances d'être imitée par les établissements rivaux. La maison offre des étrennes à ses clients assidus. – Le dimanche qui suit le premier de l'an, le comptoir est fermé pour les habitués qui, toute la journée, consomment sans bourse délier. – Les bijoutiers n'adopteront jamais cette mode-là.

Le Cochon fidèle. À l'ombre de la Sorbonne, rue des Cordiers, se trouve l'établissement du Cochon fidèle.

Ce nom est expliqué par une légende assez apocryphe : Un jeune cochon – d'où sortait-il ? – venait chaque jour dans la rue contempler par la vitre la demoiselle du comptoir, et, des heures entières, il restait en extase. Un garçon – bon cœur ! – avait soin de lui ménager le rideau toujours relevé.

Un beau matin la demoiselle se maria et reparut dame au comptoir.

L'animal revint prendre son poste, mais ce n'était plus avec cette allure de l'amant qui espère. Pourtant, pas un cri plaintif ! pas un grognement de reproche ! une douleur muette ! L'œil était mélancolique et s'éteignait chaque jour, car le malheureux refusait toute nourriture. – Un soir, à l'heure de la fermeture, il se glissa dans la maison, et le lendemain on le trouva mort sur la chaise du comptoir où s'asseyait son inhumaine. – Il n'avait pas eu besoin de se donner du courage, car on retrouva intacts les carafons d'eau-de-vie du comptoir.

Telle est la légende du « Cochon fidèle. » Croyez-en ce que vous voudrez.

Cette brasserie est très-fréquentée par les étudiants, qui y trouvent d'excellente bière. La salle est un vrai musée ; les murs ont été illustrés par de nombreux crayons et pinceaux fantaisistes qui ont laissé de très-remarquables souvenirs de leurs stations dans l'établissement. – Ce musée vaut la visite.

Le Rat mort. – Au coin de l'avenue Frochot, vous trouverez le café du Rat mort.

D'où lui vient ce nom ?

Les étymologistes les plus experts prétendent que cet établissement fut jadis si désert, qu'un rat qui s'y était égaré mourut de faim faute d'avoir pu trouver une seule miette d'un consommateur.

Comment le Rat mort s'est-il peuplé ? Comme les déserts de l'Amérique, par une colonie d'émigrants fuyant une terre ingrate… ou plutôt un café voisin.

La clientèle, qui s'est modifiée depuis, est formée aujourd'hui de peintres et de journalistes.

Les amateurs de nouvelles peuvent s'adresser là ; ils ne trouveront nulle part des gens mieux informés.

Le soir les cocottes du quartier affluent dans ce café et viennent se mêler à tous ces gens d'esprit… sans en devenir moins bêtes.

Au premier étage, ces dames jouent au billard.

Le Ventre libre. – Une crémerie du quartier Saint-Denis. – Ne cherchez pas à y pénétrer, messieurs, la porte vous serait impitoyablement fermée. La clientèle, exclusivement féminine, est un pêle-mêle des brocheuses, fleuristes, plumassières et cartonnières du quartier.

Cet établissement est un bienfait pour les clientes, dont l'état sédentaire n'est pas sans exercer une certaine influence sur la santé. On y sert, comme partout, la côtelette et les œufs ; mais le grand succès, l'idée heureuse de la maison, c'est l'immense débit de bouillon aux herbes dont se rafraîchit à pleine écuelle cette jolie population, très… altérée par la vie assise. Bien que toujours très nombreuse, la clientèle, par suite de la spécialité de la maison, se renouvelle par fournées… comme dans les villes d'Eaux.

Ces demoiselles font une saison.

Aussi la mère Singrot, en s'informant de ses pratiques, a-t-elle une façon de parler qui, au premier abord, paraît cruelle, mais qui n'est que logique.

« Que devient Louisa ?

– Elle va bien maintenant.

– Tant pis ! j'aimais à la voir. »

C'est la population masculine du quartier qui, furieuse de son exclusion, a baptisé la maison le Ventre libre.

Brasserie des Martyrs. – Il y a dix ans, cette maison était adoptée par les gens de lettres et les peintres. On y débitait du meilleur esprit et de la bière excellente. La bière est restée, mais l'esprit a émigré au Rat mort.

À l'heure de l'absinthe, toute la population féminine du quartier descend à la brasserie pour chasser un dîner.

Soit que la chasse n'ait pas été bonne, soit que ces dames jouissent d'un estomac qui digère vite, la brasserie des Martyrs les voit revenir tout aussi nombreuses au quart d'heure du souper.

Dinochau. – L'agaceur dont nous avons parlé plus haut est inutile à la table d'hôte tenue au coin de la place Bréda par Dinochau, surnommé François Ier ou le Restaurateur des lettres. – L'esprit comptant et la gaieté sont choses communes dans cette modeste salle, qui devrait contenir six convives, mais dans laquelle on en empile trente, et où presque toute la littérature contemporaine a trouvé l'hospitalité dans les temps difficiles.

Le dicton « Crédit est mort » est inconnu à Dinochau, qui, par dîners de 30 sous, a laissé bien souvent monter jusqu'au billet de mille le crédit accordé à ses clients.

Tant que le vent contraire soufflait pour l'abonné, Dinochau oubliait le compte ; mais à la moindre embellie ou au retour du beau temps dans la fortune du naufragé, il avait une singulière façon de rafraîchir la mémoire du client, redoré et distrait sur la nécessité d'un à-compte ou du payement.

En servant le potage, Dinochau disait gravement :

« Messieurs, au dessert, j'aurai l'honneur d'offrir un air de musique à l'un de vous. »

Au moment fixé, il faisait monter son violon, se campait et raclait. À la dernière note, il s'inclinait devant le client en défaveur :

« Cet air est adressé à X… » disait-il.

Cela voulait dire « Payement, ou à-compte ; ou, à défaut de l'un ou de l'autre, payez au moins les futurs dîners. »

Si cette sommation était originale, disons aussi qu'elle était cruelle en ce qu'elle était annoncée dès le potage. Souvent tous les convives qui se trouvaient là étaient aussi débiteurs, de sorte que leur dîner était empoisonné par cette anxieuse pensée intime : « Serait-ce pour moi ? »

Aujourd'hui Dinochau a-t-il faibli sur le crédit, ou ses clients sont-ils tellement riches qu'ils n'aient plus besoin de faire patienter le comptoir ? Nous l'ignorons ; mais on nous affirme que Dinochau a complétement oublié son talent sur le violon.

Nous ne voulions nous occuper que du Paris actuel, mais par reconnaissance de l'estomac, et surtout à cause du titre de ce chapitre : « les Excentriques, » nous sommes entraîné à donner un souvenir à un établissement disparu depuis trois ans. Nous voulons parler de la maison Kattcomb.

En deux salles étroites, sombres et humides comme une cave, s'étendaient huit tables, sans nappes ni serviettes, sur lesquelles, pour vingt et un sous, on vous servait un pot de bière, un potage, un rosbif avec légumes cuits à l'eau et une pâtisserie anglaise. – Ce menu n'a jamais varié !

Quel rosbif ! mince comme verre et débordant l'assiette. On le mangeait avec recueillement ; mais il fallait être bien intime dans la maison pour oser en demander une seconde portion :

« Restez sur votre faim, disait Kattcomb, il faut en laisser pour les autres. »

Un dîneur s'impatientait-il de la lenteur du service, l'autocrate arrivait dur et inflexible :

« Prenez votre chapeau, je vous fais quitte de ce que vous avez déjà mangé ; mais fichez-moi le camp, je n'aime pas les gens nerveux. »

L'arrêt s'adoucissait pour un client connu :

« Tu seras servi le dernier pour t'apprendre la patience, » se contentait de dire Kattcomb ; car il avait la manie de tutoyer ses clients au troisième repas. – Quand un étranger (un imprudent !) réclamait une serviette : « Vous mangez donc bien salement ? » lui demandait-il.

Kattcomb découpait lui-même ses portions et les passait au garçon en lui désignant le client à servir ; mais si l'employé se trompait d'individu, alors, du fond de la cuisine, une voix de stentor hurlait une phrase dans le genre de celle-ci :

« Pas à cet oiseau-là, imbécile ! Je t'ai dit au petit vieux ; là... à gauche... derrière celui qui a l'air d'un mouchard. »

La spécialité de la maison consistait en ces fameux grogs anglais qui se payaient à part, grogs introuvés avant Kattcomb et introuvables après lui : le grog au kirsch, le grog au rhum, et le célèbre grog au gin, plus communément appelé par les habitués le grog à la punaise des bois. – Le premier venu pouvait facilement obtenir un de ces grogs. Un deuxième s'accordait aussi quand le tempérament du buveur était bien connu du maître ; mais en demandait-on un troisième, le despote répondait sans pitié : « On ne se grise pas ici... allez chez Véfour ou Véry. » – Pas de troisième grog... à moins d'être un de ses protégés ! car ce tyran farouche s'était laissé attendrir, ou, plutôt, cette bête féroce avait trouvé des dompteurs, tels que Labiche, Lefranc, Gonzalès, Nadar, Pothey, etc.

La mort de Kattcomb fut même originale, nous a-t-on dit. Il mourait d'une maladie d'estomac ; sur les cinq heures, comme il sentait qu'il allait trépasser, la cuisine eut sa dernière pensée :

« Surtout, n'oubliez pas de débrocher dans vingt minutes ! » dit-il, et il expira.

Longtemps après la mort du fondateur, des parents tinrent cette taverne, qui s'est fermée il y a trois ans.

LES FOURCHETTES EN FER.

Après l'argenterie, nous sommes passés au couvert en Ruolz ; nous voici maintenant arrivés à la fourchette en fer.

Abordons les cuisines populaires et prenons place sur ces bancs devant la table en bois du cabaret.

Ramponeau. – Cet aïeul de tous les bouchons parisiens a, depuis cinq ans, subi sa troisième transformation. – Après la célèbre buvette, à l'enseigne du « Tambour-Royal », où les marquises venaient, dit-on, en partie fine, la Révolution avait fait de Ramponeau un établissement uniquement populaire où, pendant soixante-dix années, les buveurs vinrent par fournées de douze à quinze cents.

En cet heureux temps du vin à 4 sous, la consommation s'évaluait à quarante-deux mille litres de vin, soixante veaux, cinquante moutons et quatre bœufs… par semaine !

Les barrières, en se reculant, ont fait de Ramponeau un citadin soumis aux droits de l'octroi, qui lui avaient été toujours inconnus. De là le renchérissement des denrées, qu'il a fallu compenser par un peu plus de confortable, ce qui a fait disparaître le cachet de l'ancien cabaret.

Il est pourtant une heure où l'antique Ramponeau reparaît. De ses anciens usages, la maison a conservé la tournée du matin. À l'heure matinale, elle débite encore quatre-vingts litres d'eau-de-vie et six cents litres de vin blanc aux clients qui viennent tuer le ver avant de se rendre au travail.

La Californie de la barrière du Maine. – Inclinez-vous devant cette gigantesque cuisine qui, par mois, débite quatre-vingts bœufs, quatre cents moutons, plus de trois cents veaux et environ deux mille lapins.

Si vous êtes rêveur, fuyez la Californie à l'heure où les dix-sept ou dix-huit cents mangeurs viennent s'y attabler dans ses immenses salles. On crie, on hurle, on chante, et à ce tonnerre de quinze cents voix se joignent les glapissements et le beuglement des musiciens ou chanteurs ambulants qui, au fort du service, viennent tenter la recette et font entendre à la fois vingt airs différents. C'est épouvantable de vacarme et de mouvement !

Chaque client doit aller demander son plat au comptoir de la cuisine, qui le lui délivre contre payement immédiat, en y ajoutant un couteau et une fourchette. Les garçons placés dans la salle n'ont qu'à servir le vin, qui se distribue par brocs de diverses mesures, moyen d'empêcher les pratiques de se casser les bouteilles sur la tête. – Il paraît qu'on se jette pourtant les verres à la face, car en dix ans la Californie a acheté près de soixante-huit mille douzaines de verres !

De sept heures à midi et de quatre à neuf heures du soir, le comptoir de la cuisine délivre (viandes ou légumes) par jour, environ neuf mille cinq cents portions de 20 à 30 centimes.

De rudes mangeurs n'est-ce pas ? – Et cependant, si bien qu'ils nettoient les plats, vous verrez encore, à l'heure du service, de pauvres diables qui, la poche vide et l'estomac creux, se tiennent debout près des tables et guettent les assiettes où quelque dîneur aura laissé des bribes de viande. Ils se précipitent souvent à cinq ou six à la fois sur un os abandonné. – C'est le côté navrant du curieux spectacle de la Californie.

Chaque matin le propriétaire de l'établissement fait distribuer cinq cents soupes aux pauvres.

Richefeu. – Voisin et rival de la Californie, Richefeu a pourtant une supériorité sur son concurrent. Tandis que la Californie, entre ses deux services, se repose de midi à quatre heures, Richefeu est encore en pleine activité, car c'est le moment du deuil en goguette. Le voisinage du cimetière Montparnasse profite à Richefeu, qui a la réputation des bons lapins sautés au retour de l'enterrement ! À la clientèle ouvrière du matin succède donc le public du lapin sauté. Les enterreurs pauvres vont, à côté, à la renommée de la bonne galette, acheter leurs cinq ou six livres de pâte ferme, qu'ils arrivent manger chez Richefeu, en lui buvant ses petits brocs de vin.

L'établissement Richefeu a trois étages et trois physionomies. – Plus on monte, mieux on est.

En bas, vous trouvez le public, le tapage, les prix et le mouvement de la Californie. Le client va lui-même à la cuisine chercher sa portion, qu'il mange sur une table à toile cirée.

Au premier étage, les tables ont des nappes ; les plats se payent 20 centimes en plus, mais on est servi par des bonnes.

À l'étage supérieur, beau linge et argenterie, carte et cuisine d'un restaurant de second ordre, et le service est fait par des garçons.

Contentons-nous d'avoir esquissé ces trois principaux des cabarets de barrière.

L'ARLEQUIN.

Nous sommes bien loin des grandes cuisines ! Nous ne trouvons même plus ici la fourchette en fer.

On mange debout, en plein air, sur le pouce, et la poche contient juste les quelques sous qui doivent payer les étranges aliments de la présente classe de mangeurs.

Ce n'est plus la saucisse ou la grillade qui crépite sur la poêle ambulante de la marchande ; ce ne sont pas ces petits poissons et ces pommes de terre qui se dorent dans la friture de la débitante du coin. Tout cela est encore bon et sain… et nous n'en donnerons d'autre preuve que la façon remarquable dont a profité une de nos plus joyeuses actrices. Mlle Boisgontier a été élevée à la pomme de terre frite par sa mère, la méridionale friturière du marché Saint-Germain.

Nous sommes à cette heure devant ces plats étranges, mystérieux amalgames de morceaux si divers qu'on leur a donné le nom d'arlequins.

Vous rappelez-vous ces restes achetés aux restaurants, qu'on triait avec soin pour en tirer les meilleurs morceaux, qu'on revendait sous le nom de bijoux ?

L'arlequin est composé du reste de ces restes ! – Têtes de poissons, os de côtelettes, bouts de gigots, fragments de pâtisseries, tout cela est pêle-mêle, imprégné de vingt sauces différentes, déjà vieux de quatre ou cinq jours et attendant la pratique à certain coin des Halles centrales. Encore, en cet endroit, ces détritus sont au moins sous l'œil de l'autorité, qui les fait retirer de la vente avant qu'ils soient entièrement corrompus. – Mais ne craignez rien, ces restes condamnés par l'inspecteur ne sont pas encore perdus. Ils disparaissent pour aller dans les faubourgs, loin de la surveillance de l'autorité, approvisionner la cuisine de bouges épouvantables où se repaît la misère. – Ces établissements des faubourgs sont le pis-aller des houillers.

Connaissez-vous les houillers ? Non.

Ce que les restaurants à bas prix-fixe ont refusé de prendre au Marché à la volaille est acheté par le houiller. Vous jugez déjà la marchandise. Pour quelques sous, il a eu la préférence sur la voirie.

Le houiller devient alors ce paysan qui vous aborde dans la rue et sous les portes, pour vous proposer, avec des airs mystérieux, du gibier à bon marché. Sa marchandise est soigneusement empaquetée, « pour ne pas attirer l'attention de la police, » vous dit le prétendu braconnier. – Le bas prix vous décide, il vous passe le paquet… et vous rapportez la peste au logis.

Lorsque le houiller a promené infructueusement durant huit jours ce gibier, déjà gâté quand il l'acheta, il s'en défait alors dans les gargotes des faubourgs, et laisse à cinq ou six sous le lièvre qu'il avait payé quinze sous.

– Ces prix seuls ont leur éloquence.

Un autre fait fera mieux connaître encore ce qu'on donne à manger au pauvre dans les faubourgs.

Il y a quelques années, le service de salubrité des Halles faisait enlever le poisson gâté dans des voitures qu'on allait vider aux dépotoirs de La Villette. – Un beau jour on arrêta des gens qui, depuis des années, venaient, après le départ des voitures, repêcher le poisson dans cet étrange liquide et le revendaient aux barrières.

Rien à ajouter après ce détail.

DERNIER ÉCHELON.

Ceux qui vivent du bureau de bienfaisance !

Nous connaissons une bonne vieille de quatre-vingts ans. – Elle n'a plus de parents, et sa vue affaiblie ne lui permet aucun travail. – Dans cet état, son bureau lui donne :

$$\left.\begin{matrix}\text{30 cent. de charbon}\\ \text{30 cent. de charcuterie}\end{matrix}\right\} \left.\begin{matrix}\\\\\end{matrix}\right\} \text{\\\\\\\\\\}$$

$$\left.\begin{matrix}\text{Quatre livres de pain}\\ \text{Deux livres de viande}\end{matrix}\right\} \left.\begin{matrix}\\\\\end{matrix}\right\} \text{\\\\\\\\\\}$$

par mois !!!

Si tous les pauvres des bureaux de bienfaisance ne reçoivent pas plus, ils diffèrent de bien peu des gens qui meurent de faim.

Paris compte un indigent par seize habitants.

MORALITÉ.
LA CUISINE BOURGEOISE.

On nous dira sans doute :

« Toute votre nourriture de Restaurant ne vaut pas cette saine alimentation qu'on appelle la cuisine de ménage.

– Certes, la cuisine bourgeoise est une bonne chose. Mais songez aux ennuis, aux déboires, et surtout aux mauvais fricots qu'il vous faut avaler avant de mettre la main sur ce rara avis qu'on appelle un cordon-bleu. La dernière laveuse de vaisselle se donne effrontément pour une excellente cuisinière.

Que de désagréments vous sont procurés par la cuisine de ménage et que le restaurant vous évite !

Tenez, écoutons ce ménage qui cause :

« Bonne amie, dis-moi donc ce que nous mangerons à dîner ?

– Un gigot et des haricots.

– Encore !

– Comment, encore ? Le gigot n'est donc plus bon que pour les chiens ?

– Je ne dis pas ça. Seulement je trouve que nous ne sortons pas assez du gigot, du pot-au-feu, du haricot de mouton et du veau à la casserole… ; je désirerais un peu plus de variété.

– Il te faut sans doute des ortolans ?

– Hé ! hé ! l'ortolan ne me déplairait pas.

– Oui, c'est ça, pour que Sophie nous les massacre, comme elle a déjà fait pour ces filets mignons que tu me demandais.

– J'en avais mangé, la veille, de si bons au restaurant.

– C'est possible ; mais notre cuisinière n'est pas un chef… ; il faut demander à cette fille ce qu'elle sait faire…, rien de plus.

– Mais, en entrant ici, elle s'est donnée comme sachant tout faire.

– Ah ouiche ! tout !… j'aurais de quoi m'acheter une jolie robe, si j'avais l'argent gâché par elle avec des plats non mangeables dont elle ignorait le premier mot… ; et quand je dis « non mangeables, » il a bien fallu les manger, car on ne pouvait les jeter à la borne, n'est-ce pas ?… Aussi je n'ai pas besoin que ta gourmandise vienne aujourd'hui nous créer encore des embarras.

– Il me semble que sans être gourmand, on peut vouloir varier de temps en temps et désirer… voyons, par exemple… une friture. Sophie ne nous en sert jamais. Une sole frite n'est pas si difficile à faire !

– Tu crois ça ? Vendredi dernier, sans t'en rien dire, je lui ai commandé un merlan. J'ai été obligé de le faire manger par l'ouvrière… : sec comme ma semelle de bottine ! Sans parler de l'odeur de friture, qui a infecté l'appartement pendant deux jours… On ne me rattrapera plus à lui demander de la friture !

– La cuisinière précédente la réussissait fort bien.

– Oui, mais elle avait une autre manie, celle-là : elle nous faisait manger uniquement ce qu'elle aimait. Te souviens-tu du jour de ce miroton, qu'elle a remplacé par une dinde ? Mademoiselle détestait sans doute le miroton, et, pour ne pas le faire, elle a prétendu que, dans tout Paris, elle n'avait pu trouver un seul oignon. Ah ! nous n'en retrouverons jamais une comme Agathe... je la regrette. J'ignore pourquoi tu ne pouvais la souffrir.

– Pourquoi est joli ! Mais parce que, si tu t'en souviens, avec Agathe on n'était jamais certain de l'heure à laquelle on dînerait, ça variait entre six et neuf heures du soir. Et, moi, je veux manger à heure fixe. Tiens, c'est un des bons côtés du restaurant : sitôt à table, sitôt servi. De plus, un plat vous déplaît ou il est manqué, vous le renvoyez gratis. Ce n'est pas comme en ménage, ainsi que tu le disais où il faut choisir entre rester sur sa faim ou manger une ordure, parce que ce serait de l'argent perdu.

– Tu as beau dire, la cuisine de ménage est bien plus saine que celle si épicée du restaurant.

– Soit ! mais elle est trop restreinte.

– Tais-toi donc ! à t'entendre on dirait que tu ne contentes pas chez nous toutes tes fantaisies.

– Mais, c'est la vérité.

– Allons donc ! tu n'as jamais que la peine de souhaiter pour être servi tout de suite.

– Ah ! je suis curieux d'en faire l'épreuve ! Eh bien, j'aurais quelque plaisir à savourer ce soir une belle tranche d'un cuissot de chevreuil... rien qu'une tranche !

– Tu demandes immédiatement l'impossible. Il est bien évident que je n'irai pas acheter un cuissot de 12 à 15 francs pour t'en donner une seule tranche.

– C'est là que le restaurant triomphe ; il détaille aux appétits qui se cotisent à dix ou vingt pour consommer la pièce entière. Me donnerais-tu une portion de civet ? Non. Il te faudrait acheter un lièvre entier, n'est-ce-pas ? Moi, j'aime le civet de loin en loin… une fois !… mais deux fois de suite, il m'écœure. Me voilà donc attelé sur ton énorme plat jusqu'à la disparition du dernier morceau. Ainsi, ton gigot…

– Tu ne me diras pas que le gigot t'écœure, par exemple.

– Non, je l'adore.

– Alors tu auras de quoi te régaler : le nôtre pèse au moins cinq livres.

– Cinq livres ! cinq livres !

– Oui, cinq livres.

– Elle est donc idiote, ta Sophie, d'aller prendre une pareille montagne de viande pour trois personnes ?

– C'est moi qui lui ai dit.

– Tu aurais dû lui faire acheter seulement le bout du gigot.

– Merci ! on n'a pour ainsi dire qu'un os ; ça ne fait pas de profit. Tandis que ce gigot de cinq livres, c'est autre chose. Compte un peu avec moi : Nous l'entamons à dîner ce soir… ; demain, des tranches froides et une salade, voilà notre déjeuner tout trouvé… ; le soir, Sophie nous arrangera les restes avec une petite sauce, et ça nous fait encore un dîner. Tu vois le profit, mon chat !

– Mais, malheureuse ! on a beau aimer un plat, ce n'est pas une raison pour vous y condamner durant trente six heures… trois repas de suite ! – Au restaurant, on ne…

– Ah ! tu sais, toi, tu m'impatientes avec ton restaurant ! Puisque tu t'y trouves si bien, pourquoi n'y vas-tu pas ? J'aime mieux ça que de me tuer l'esprit à chercher à nourrir un saint Difficile comme toi. Au moins, je serai tranquille… je congédierai Sophie pour prendre une femme de ménage qui viendra le matin. Cela me fera une économie… sans compter le charbon ! Va à ton restaurant… ; tu peux même y coucher… ; emporte le lit de sangles de Sophie, puisque nous n'aurons plus de cuisinière.

– Ah ! c'est comme cela ? alors j'y vais dîner… au restaurant…, et même j'y souperai.

– Seulement, il ne faudra pas ensuite venir vous plaindre à moi de votre estomac abîmé par toutes leurs sauces, je vous en préviens. Vous chercherez qui vous soigne, entendez-vous ? »

Monsieur a fui devant la tempête conjugale et est venu s'attabler au restaurant. Mais, après son potage, on peut l'entendre murmurer :

« Faut être juste, on n'y mange jamais de bonne soupe comme dans son ménage. »

Dans ce débat conjugal, à qui donner raison ?

La cuisine du restaurant est-elle préférable ?

Celle du ménage vaut-elle mieux ?

Les gastronomes prônent la première.

Les sages se contentent de la seconde.

Restent les grincheux, qui nous crient sans cesse : « On ne vit pas pour manger ! » Maxime qui n'est pas une solution.

N'osant pas nous prononcer franchement, nous nous contenterons d'emprunter à un profond penseur l'axiome qui servira de conclusion à ce petit livre : « On se contente plus facilement de tout que de peu. »